DE PASEO POR LA SELVA

Barefoot Books
3 Bow Street, 3rd Floor
Cambridge, MA 02138

Diseño gráfico: Tom Grzelinski, Bath, Reino Unido
Impreso y encuadernado en Singapur por Tien Wah Press (Pte) Ltd.

Impreso en papel 100% libre de ácido

DE PASEO POR LA SELVA

ilustrado por Debbie Harter

Barefoot Books
Celebrating Art and Story

De paseo por la selva,
de paseo por la selva,

¿sabes qué vi?
¿Sabes qué vi?

Parecía un león,

¡Grrr! ¡Grrr ¡Grrr

que venía hacia mí,
que venía hacia mí.

Cuando flotaba en el mar,
cuando flotaba en el mar,

¿sabes qué vi?
¿Sabes qué vi?

Parecía una ballena,

¡Ushh!

¡Ushh!

¡Ushh!

que venía hacia mí,
que venía hacia mí.

Mientras subía una montaña,
mientras subía una montaña,

¿sabes qué vi?
¿Sabes qué vi?

que venía hacia mí,
que venía hacia mí.

Mientras nadaba en el río,
mientras nadaba en el río,

¿sabes qué vi?
¿Sabes qué vi?

que venía hacia mí,
que venía hacia mí.

Cuando iba por el desierto,
cuando iba por el desierto,

¿sabes qué vi?
¿Sabes qué vi?

que venía hacia mí,
que venía hacia mí.

Mientras patinaba sobre el hielo,
mientras patinaba sobre el hielo,

¿sabes qué vi?
¿Sabes qué vi?

Parecía un oso polar,

¡Grrr! ¡Grrr! ¡Grrr!

que venía hacia mí,
que venía hacia mí.

De regreso a casa,
de regreso a casa,

¿sabes a dónde fui?
¿Sabes a dónde fui?

Di la vuelta al mundo,
di la vuelta al mundo,

y adivina lo que vi,
y adivina lo que vi.